Mario Mariotti

UMANI

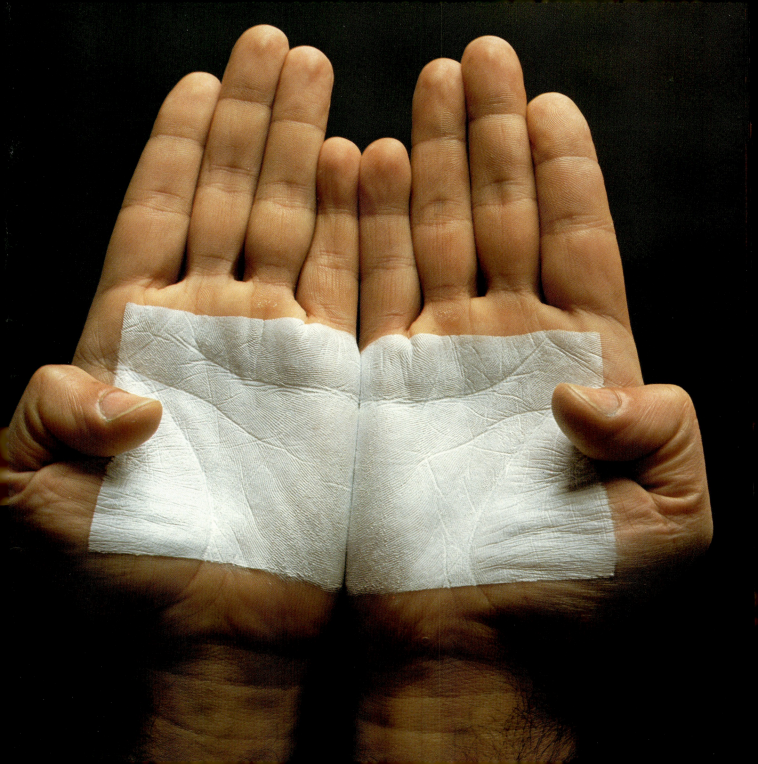

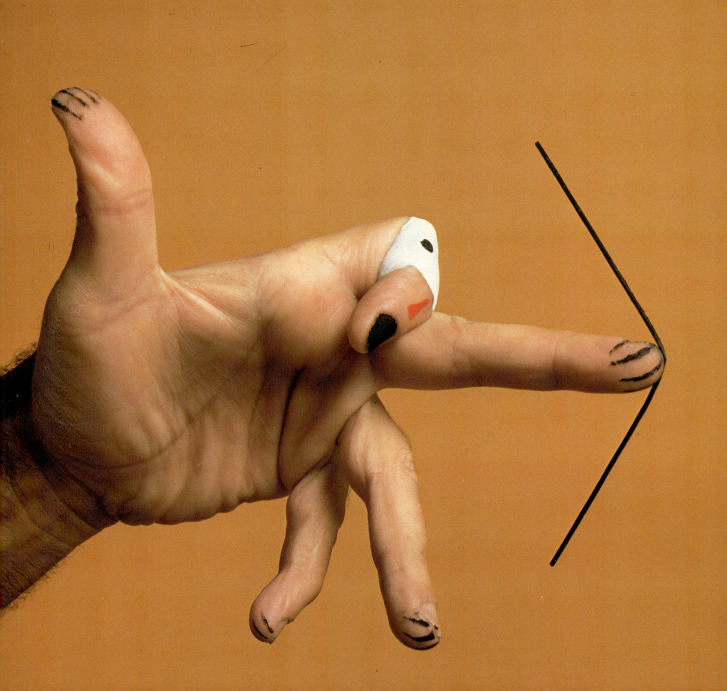

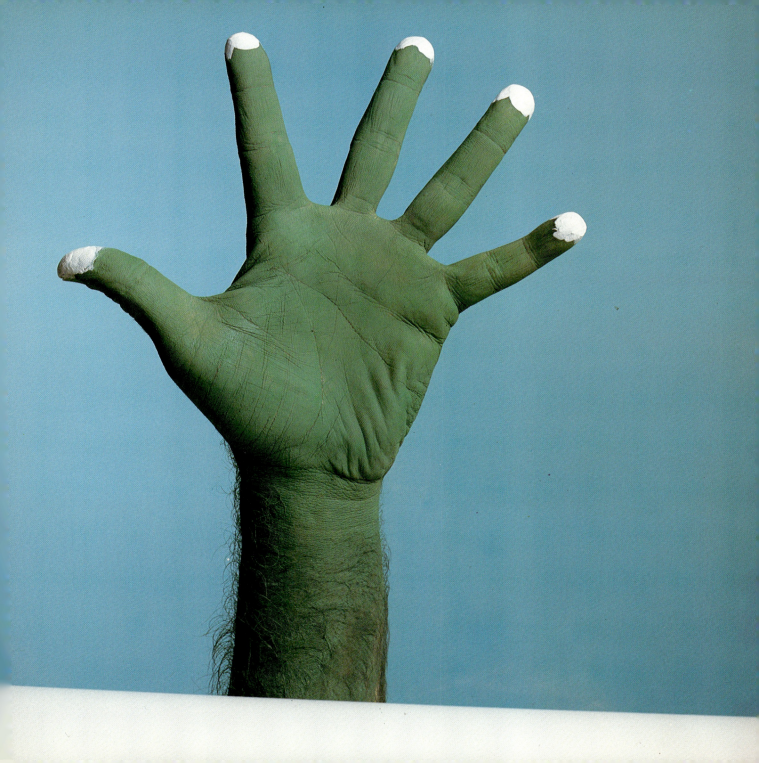

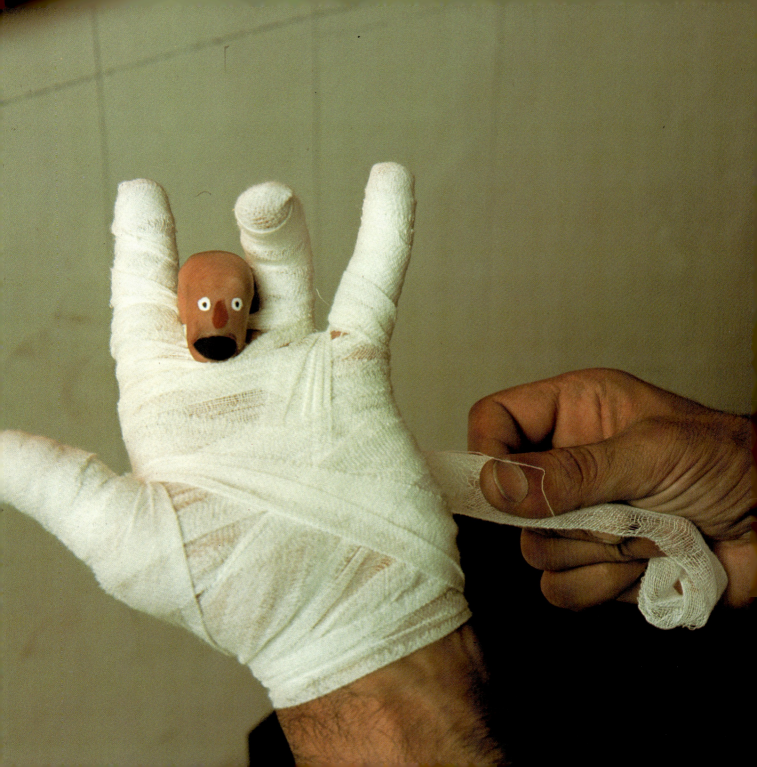

Umani e Animani hanno la stessa mamma: l'ombra.
Umani e Animani sono le stesse mani: le mie.
Lo stesso fotografo (Roberto Marchiori), stessa casa (editrice).
La differenza è nei verbi essere e avere.
Animani è avere per le mani un estraneo di natura selvatica.
Umani è essere ridotti nelle mani con tutto il corpo che ci è naturalmente domestico.
Forma e carattere, ma forse magia e rappresentazione.
Non è tutto così chiaro, come non è così oscura l'ombra di origine che appare come illusione di figure reali (ma non è poi vera la figura di chi si oppone alla luce per farsi ombra?).
La mia esperienza di manomane suggerisce non esserci separazione fra la immagine proposta e il corpo che la produce.
Piuttosto si tratta di una terza figura che (rafforzando e le proprietà della mano in sé e, nella esemplificazione formale, il carattere della immagine rappresentata) ne assomma ed evidenzia le relazioni reciproche.
Un solo raccomandamento: non fidarsi di tutte queste chiacchiere per rinunciare colpevolmente ad una personale esperienza.
Vale più provare a dipingersi temerariamente un dito che gingillarlo a sfogliare le pagine di tutti gli Animani e Umani messi insieme.

Prima ristampa
Finito di stampare nel marzo 1989 presso La Stampa Florencegraf di Calenzano, Firenze
Legatura L.E.G.O., Vicenza